M

LOLITA BOSCH

cruïlla

Primera edició: octubre de 2005
Segona edició: desembre de 2007

Direcció literària: Montse Ingla Mas
Edició: Josep Pascual Comellas
Fotografia de la coberta: Tony McConnell / AGE Fotostock
Disseny de la coberta: Estudi SM
Realització de la coberta: Jordi Salvany Duran

Balmes, 245 - 08006 Barcelona
editorial@cruilla.com

Comercialitza: CESMA, SA

ISBN:978-84-661-1273-4
DL:M-55.985-2007
Imprès a Espanya / *Printed in Spain*
Impremta: Gohegraf Industrias Gráficas S.L.

Rèquiem per una família,
sigui la que sigui.

Amb la presència constant de J.C.O.

És PRIMAVERA.

M ha fet 16 anys fa un parell de mesos, juga a bàsquet amb l'equip de la seva localitat, dina cada dia a casa amb la mare i la germana petita, vol estudiar veterinària si no es dedica professionalment a l'esport, va a un institut públic, treu bones notes, és el millor amic de J i morirà assassinat demà a la nit. El seu pare el matarà a la sala d'estar de casa d'un tret mortal, un de sol, precís, després d'haver disparat a la seva germana petita i uns segons abans de treure la vida a la seva dona, la mare de M, que serà obligada a presenciar, agonitzant, encara incrèdula, la mort dels seus dos fills.

Sé que és un principi difícil per a un llibre. I creu-me que ho sento. Però volia que sabessis què passarà abans de seguir llegint. I advertir-te que encara que agafis afecte a M, hauràs de deixar-lo anar. Molt aviat. Perquè M morirà en acabar la primera part d'aquesta novel·la, divuit hores després que hagi començat.

I també vull que sàpigues que aleshores, quan la mare de M hagi vist morir els seus dos fills i exhali el darrer sospir, tot i que sembli impossible seguirà sent primavera.

Primavera

1

EL PARE es lleva, surt de l'habitació i va al lavabo. En silenci.

El pare és un home fort, pesat, robust. I tot i així, a vegades, pot fer les coses en silenci.

M i la seva germana haurien d'estar dormint.

Són les set del matí i ells no es lleven fins a dos quarts de vuit, quan la mare entra a les habitacions i els puja la persiana abans d'anar a la cuina a fer l'esmorzar. A l'hivern, quan el fred travessa els vidres foscos, la mare també els encén el llum.

Però avui és primavera i el pare és el primer de sortir de casa aquest matí. Com sempre.

A vegades, per acomiadar-se'n, el pare obre la porta de l'habitació de M i li remou els cabells provant de no despertar-lo, després obre la porta de l'habitació de la germana i li fa un petó al front. Com si se'ls estimés.

I potser sí que se'ls estima.

Però aquest matí no ho ha fet. Aquest matí el pare no ha passat la mà pels cabells de M sense despertar-lo ni tampoc ha fet un petó a la germana al front.

S'ha llevat de mal humor perquè ahir a la nit va tornar a discutir amb la mare. Una altra vegada.

M i la seva germana van sentir com es barallaven fins que es van adormir. Cadascun a la seva habitació. Perquè tots dos saben adormir-se amb el soroll i despertar-se amb el silenci. Sempre ho han fet.

Bé, no sempre.

Abans M provava de defensar la mare.

Ara ja no.

I a vegades se sent alleugerit de no haver-ho de fer, perquè la veritat és que no s'atreveix a posar-se davant del pare quan el pare està enfadat. Té por. I és que al pare, quan es posa furiós, se li infla una vena que li travessa el front de dalt a baix i crida amb una veu ronca que segur que senten tots els veïns. Encara que a M li faci vergonya imaginar-s'ho.

Però la veritat és que, quan M pensa que s'alegra de no haver-se d'interposar entre el pare i la mare, de seguida se sent malament per haver-ho pensat i té la mateixa por que recorda que ha tingut sempre.

Però una mica més intensa. Com si la por fos un clau que se li anés clavant a l'estómac i que ningú no pogués veure.

Ni tan sols ell.

I tot i així, des que el pare el va amenaçar amb un ganivet, aquell dia que M va entrar a la cuina i es va interposar entre ell i la mare, una nit que discutien, una més, no s'hi ha tornat a ficar. Perquè l'endemà, a l'hora de dinar, la mare l'hi va demanar.

–No t'hi tornis a ficar, M. No vull que et faci mal.

–I jo tampoc vull que et faci mal a tu, mare –va contestar M, gairebé de seguida, com si tingués preparada aquesta resposta des de feia molt de temps. Com si hagués estat esperant aquella conversa.

–No t'amoïnis per mi, que no em passarà res –va contestar la mare. I, inclinant una mica el cap per amagar a M el senyal del coll que ell ja havia vist abans d'asseure's a dinar, va provar de somriure.

M no li va tornar el somriure.

–Què hi ha per postres, mare? –va preguntar la germana.

I la mare va respirar, alleugerida d'haver-se d'aixecar i anar a la cuina. No suporta que M li aguanti la mirada.

I a la cuina, com sempre, va respirar profundament, sense fer soroll, i es va sentir la pitjor persona del món, la més confosa, la més covarda. Una mare cruel.

–No hi ha postres? –va preguntar la germana, entrant a la cuina sense avisar.

I la mare va haver de deixar a la meitat el llarg sospir amb què estava provant d'empassar-se els nervis, com havia fet molts altres cops, moltíssims, sempre que feia veure que estava fent qualsevol altra cosa quan en realitat s'estava empassant la por amb les mans fredes, sense suor, rígides, recolzades al marbre de la cuina.

L'esquena corbada, els ulls tancats.

–És clar que hi ha postres –un altre somriure rígid.

I M ho va notar. Quan la mare va tornar al menjador amb la seva germana, M va notar que el seu somriure era fals. I aleshores es va adonar que ho havia sabut des de sempre.

O si més no, des de feia molt temps.

I aleshores va pensar que la seva germana, l'àvia i el pare també ho devien saber.

«Segur que ho saben», va concloure M.

Segur que sabien que el somriure de la mare era fals encara que seguís vivint com si somrigués de debò quan els mirava amb aquella ganyota tan grotesca als llavis.

Com si no passés res.

2

EL PARE sempre era el primer de llevar-se.

I a vegades, quan es despertava taral·lejant alguna cosa, entrava a l'habitació de M a passar-li la mà pels cabells mirant de no despertar-lo i després anava a l'habitació de la germana a fer-li un petó.

En acabar de dutxar-se, se servia un cafè de la cafetera que els havia regalat l'àvia per Nadal. I se n'anava.

Passava el dia fora de casa.

I tornava al vespre.

Aleshores sopava sense haver-se dutxat, a vegades parlava de qualsevol cosa sense importància, mirava la televisió o reia d'alguna cosa que Ella feia dir a les nines. I després se n'anava a dormir. Sense haver-se dutxat.

Perquè sempre es dutxava al matí.

Excepte els caps de setmana. Els caps de setmana tots quatre feien altres coses i es comportaven d'una altra manera.

Però entre setmana el pare era el primer de llevar-se, i la mare, M i la seva germana s'estaven al llit fins que ell havia sortit de casa.

I avui, com tots aquests altres dies, el pare es lleva i entra al lavabo sense taral·lejar res. Corpulent, silenciós. Un home fort.

Segur que la mare està desperta.

I M també ho està. Però a casa ningú no es mou.

Quan el pare es lleva, si no taral·leja res en veu baixa quan surt de l'habitació, ningú no es mou. Ni tan sols la germana, a qui M i la mare miren d'amagar el que passa.

En silenci.

Sense haver fet cap pacte.

Com si tots dos, M i la mare, haguessin decidit que algun membre de la família havia de salvar-se.

Ella: set anys, cabells arrissats, castanys, mirada curiosa, cames llargues, ulls clars, ment desperta, audaç, valenta. No com la mare. Però ni tan sols la germana, ment desperta, audaç i valenta, es mou quan el pare es lleva en silenci aquest matí i entra al lavabo.

I M ho sap, sap que a l'habitació del costat la germana està desperta pendent de les passes silencioses del pare.

I aleshores prova de respirar profundament però sense fer soroll, un dia més. Amb aquella respiració que serveix igual per buidar-se el cos que per omplir-lo.

I després es pregunta per què ha de ser així, per què a tots els ha de despertar el silenci.

A tots tres.

Perquè està segur que la seva germana, com ell, i també com la mare, no respirarà profundament, de debò, relaxada, amb soroll, salvada, fins que el pare sigui fora de casa. I que mentre ell sigui allà, a les set del matí, sense taral·lejar res ni entrar a les habitacions dels seus fills a acomiadar-se'n, la respiració de tots serà curta, silenciosa, espantada.

3

A M EL MOLESTA FORÇA pensar si el pare també ho sap. Si el pare s'ha adonat mai de com respira la seva família mentre ell és a la vora, si sospita per què es desperten amb aquell silenci. Perquè les altres famílies només es desperten quan hi ha xivarri.

O això és el que pensa M.

I pensa també que potser el pare no en sap res, que potser el pare creu que tots dormen quan el que en realitat fan és esperar que ell marxi de casa. O que potser ni tan sols no ho pensa, que al pare no l'amoïna tot això.

M no ho sap ni té manera de saber-ho.

Encara que voldria preguntar-l'hi.

Si gosés, preguntaria al pare si se sent orgullós que la seva família li tingui por, si li agradaria quedar-se sol. O si preferiria que l'estimessin, com fan els companys d'institut de M amb els seus pares.

I és que M no s'estima el pare o, si més no, no de la mateixa manera que els seus amics s'estimen els seus.

Ells somien assemblar-se als seus pares, fer alguna cosa que faci que se'n sentin orgullosos, i fins i tot anar a treballar amb ells quan es facin grans.

M, no.

M somia dedicar-se a l'esport o estudiar una carrera, guanyar diners i treure la mare d'allà.

I també la seva germana.

Abans que creixi i s'adoni de tot el que està passant.

Abans que ell i la mare no puguin amagar-ho més.

La mare. Treure la mare. Aturar els cops, els somriures falsos, el silenci de primera hora del matí, les ganyotes grotesques, les marques del coll, la respiració retallada.

La mare tranquil·la, la mare descansant mentre dorm, la mare sense dissimular ni inclinar el cap perquè ningú no li vegi els cops.

Això és el que vol M.

I segur que és el mateix que voldria la germana si tingués temps de créixer i de somiar en aquesta mena de coses.

Però la germana, com M i com la mare, ja no creixerà més.

Li queden, els queden a tots tres, divuit hores de vida.

Aquesta nit, quan faltin uns minuts per a la una, el pare els traurà del llit perquè vegin com mata la mare. Però per alguna estranya raó, tan incomprensible com tot el que fa el pare quan es posa furiós, decidirà matar-los abans a ells dos.

Matar els seus fills.

Potser serà una manera de fer patir més la mare. Tot i que la veritat és que no serveix de res pensar en les raons dels actes cruels del pare.

Perquè M sap que la crueltat mai no té una raó totalment comprensible.

4

DIVUIT HORES DE VIDA, i alguns diran demà, i d'altres demà passat, quan a la televisió i als diaris aparegui la notícia que M, la germana i la mare han mort assassinats, que el pare no semblava pas un home tan agressiu, que era un bon veí, una persona educada.

Que a vegades cridava, és cert. Però, qui no crida de tant en tant?

I després ho comentaran durant un temps. Amb por, amb horror, amb tristesa, amb sorpresa. Fins que ho oblidin.

Perquè ho oblidaran.

S'oblidaran de M, de la seva germana de set anys i de la mare, que inclina el cap perquè els fills no vegin els senyals que té al coll.

Tot i que a ells tres, si algú els ho preguntés avui, mentre esperen sense fer soroll que el pare marxi de casa, aguantant la respiració, retallada i en silenci, si algú ara els demanés si els sembla que el pare és poc agressiu, un bon veí i una persona educada, tots tres dirien que no.

Fins i tot la germana.

Els tres dirien que no pensen així. Tot i no saber que moriran, no pensen així.

I també dirien que ara, a les set del matí, mentre el pare entra a la dutxa en silenci, ni tan sols no pensen en ell.

Pensen els uns en els altres.

I esperen que no passi res, que el pare surti de la dutxa, se serveixi un cafè de la cafetera que l'àvia els va regalar per Nadal i que manté el cafè calent tota la nit, i que marxi.

Sense que passi res més.

I potser també dirien que desitgen poder-se despertar d'aquí a una estona com si no haguessin pensat en res de tot això. Com si haguessin estat dormint des que el pare ha sortit de l'habitació per entrar a la dutxa, fins que se n'ha anat de casa.

Tot i que la veritat és que no dormen.

No poden.

Respiren retallant l'aire per mirar de fer tan poc soroll com poden.

Tenen por.

Per això es desperten amb el silenci i se senten obligats a romandre immòbils, pensant els uns en els altres i esperant que no passi res.

5

A M LI AGRADA el bàsquet. No és gaire alt, ni tampoc té les cames tan llargues com Ella, però és un jugador astut que pensa amb rapidesa. Un bon membre de l'equip, un company lleial.

L'entrenador sempre en parla bé, d'ell.

I a vegades l'anima dient-li que podria presentar-se a les proves regionals.

Però M no n'està segur.

Pensa en la mare.

L'entrenador li ha explicat que si es fes esportista professional hauria de passar força temps fora de casa, en concentracions i partits. I M no vol deixar la mare i la germana soles amb el pare.

Potser el millor que pot fer és estudiar veterinària i obrir un consultori a la seva població.

O lluny, en alguna altra banda, si la germana i la mare accepten marxar amb ell.

Encara no sap com dir-ho a l'entrenador de bàsquet. No sap com explicar-li que no podrà ser jugador professional. Perquè M no vol que s'ho prengui malament, que pensi que no ha considerat la seva oferta. Sí que ho ha fet.

Però marxar és més important.

Una vegada ho va proposar a la mare, sense haver-ne parlat encara amb ningú més:

–Mare –li va dir–, anem's-en.

–Qui? –va somriure la mare, amb aquella ganyota grotesca.

–Nosaltres tres, mare –va dir–. Anem's-en sols.

–Sense el pare? –va preguntar la mare.

I ho va preguntar com si de sobte fos molt lluny, com si per un moment ho veiés tot a quilòmetres de distància, com si hagués deixat de tenir por i el pare s'hagués convertit en un record que fa una mica de llàstima.

–El pare que es quedi sol –va respondre M. Sense dubtar. De seguida. Sense tenir temps d'agafar aire. Sense aturar-se a escoltar el pare que en aquell moment obria la porta de la cuina per asseure's a esmorzar.

–Sol? –va preguntar com si no tingués gaire interès en la conversa que M i la mare mantenien.

I M va emmudir.

Va mirar a terra i va pensar en la seva germana, que entraria d'un moment a l'altre perquè era diumenge. I els diumenges esmorzaven plegats, tots quatre.

La germana era al lavabo.

Segur que havia sentit la porta quan el pare havia sortit de l'habitació, i s'havia llevat per anar al bany abans d'asseure's a taula per esmorzar.

Però M no l'havia sentit.

M no havia sentit el pare sortir de l'habitació ni la germana aixecar-se tot seguit.

M estava preocupat, mirant de convèncer la mare que marxessin lluny.

Els tres.

–Sol? –va tornar a preguntar el pare. I va asseure's a taula amb ells, que havien deixat de parlar. Aire retallat.

«Pensa ràpid, M! Pensa!»

El pare va estirar el braç i amb un somriure va demanar al seu fill:

–M, passa'm la mantega.

I qualsevol que hagués vist el somriure del pare hauria tingut por: era un somriure que semblava una imitació.

Com si el pare volgués semblar educat amb algú que li cau malament.

Com una amenaça.

«El pare s'està enfadant», això és el que significava aquell somriure.

I M li va passar la mantega mirant de pensar amb rapidesa.

«Pensa, M!»

Aleshores el pare la va agafar amb un moviment tranquil, pausat, massa lent, i va sucar una torrada amb mantega i melmelada de móra. I després va mirar la mare i li va preguntar, en veu baixa, sense canviar el to, amenaçant, segur:

–On vols anar, tu?

–Enlloc –va xiuxiuejar la mare.

–No et sento, estúpida.

M tenia ganes de plorar, però sabia que no ho podia fer. El pare l'hauria renyat per plorar com les dones.

Perquè això és el que deia el pare: «No ploris com les dones.»

A més, M sabia que no podia fer com si estigués passant alguna cosa. Perquè aleshores passaria de debò.

Passaria.

I també sabia que ell no podria ficar-s'hi si el pare pegava a la mare, perquè la mare li havia demanat que no ho fes i perquè la veritat és que tenia por.

Molta por.

Així que es quedà assegut al costat de la mare, mirant els peus del pare com si d'aquesta manera pogués endevinar els seus moviments.

–Enlloc –va contestar la mare, alçant una mica la veu i el cap–. No me'n vaig enlloc.

–Sents quina veu fa la teva mare, M?

M no va dir res.

Va alçar la vista, perquè sabia que si no ho feia el pare s'enfadaria, però no va dir res.

–Diries que té por? –I el pare ho va preguntar somrient de veritat. Ara sí, amb un somriure que semblava sincer.

Però M no va contestar, perquè la germana va entrar de sobte a la cuina amb una de les seves nines a la mà. I el pare va dir:

–Qui farà un petó al pare?

I la mare i M van aguantar la respiració.

Però el pare no va cridar ni es va riure d'Ella davant de la mare i de M per intranquil·litzar-los més. Sinó que li va aixecar el serrell i li va fer un petó al front.

–M'ensenyes la teva nina? –va dir el pare.

I Ella, alçant una mà, va ensenyar la seva nina despentinada.

–Mira.

–Aquesta sí que és la meva nena bonica –va somriure el pare.

I després es va aixecar i va sortir de la cuina sense

acabar-se la torrada amb mantega i melmelada de móra.

En això és en el que està pensant ara M.

Ara que el pare surt de la dutxa, va a la cuina, se serveix un cafè calent de la cafetera que els va regalar l'àvia per Nadal, se'l beu sense presses i surt de casa clavant un cop de porta.

Llavors M sospira, la mare sospira, la germana sospira, i tots tres surten de les seves habitacions com si haguessin estat dormint.

–Bon dia.

I aleshores se sent el soroll d'una clau al pany.

El pare ha tornat a casa. Sense dir res.

Com si hagués sortit i no recordés per a què.

Com si necessités tornar a preguntar a la dona i als fills què és el que havia de fer ara.

Com si tot això fos una obra de teatre, una representació.

Però sense dir res.

6

EL PARE tanca la porta de casa, alça el cap i mira al seu voltant sense saludar ni dir bon dia.

La seva família es queda quieta.

Els tres.

Cadascun en el lloc exacte on era en sentir la clau al pany.

No parlen.

Ara ja no poden fer veure que no passa res, perquè tot està anant massa ràpid, i M, la germana i la mare no saben dissimular que fa tot just mitja hora que el pare ha entrat a dutxar-se en silenci mentre ells han aguantat la respiració retallada.

Quiets, els tres.

El pare va a l'habitació i regira les coses que hi ha damunt de la calaixera i de la seva tauleta de nit.

I ells senten objectes que cauen.

Després obre la porta del lavabo i mira dins com si hi busqués alguna cosa. Travessa la sala d'estar sense mirar ningú i va a la cuina. Amb passes llargues. Molt menys silencioses que les de fa una estona.

Com si no veiés la família.

Com si estigués sol.

I quan troba les claus del cotxe, que s'havia descuidat al costat de la cafetera de l'àvia, sobre el marbre, «redéu!» crida, i aleshores se les guarda a la butxaca dels pantalons i torna a marxar sense acomiadar-se de ningú.

Tot en un minut i mig.

Perquè si algú mirés el rellotge, s'adonaria que només passen uns minuts de dos quarts de vuit d'un matí de primavera.

L'últim.

7

–M –la seva germana entra a la cuina pensant en alguna cosa a la qual ha estat donant voltes des de fa uns minuts: el temps de sortir del llit, dir bon dia, aturar-se en sentir la clau al pany de la porta, quedar-se quieta mentre el pare busca les claus, esperar que marxi i arribar fins a la cuina amb pas lent i adormit–, nosaltres de qui som?

–Com que de qui som? –absent. Pensant en una altra cosa, potser. O empipat pel que acaba de passar.

Una vegada més.

–Sí, de qui som?

–No t'entenc... –M mira la seva germana.

Ella: set anys, cabells arrissats, castanys, mirada curiosa, cames llargues, ulls clars, ment desperta, audaç i valenta.

–Sí –respon la nena, com si fos una pèrdua de temps haver d'explicar una pregunta tan senzilla. Com si només volgués que el seu germà li aclarís un dubte per no haver de pensar-hi ella mateixa i així poder seure a esmorzar tranquil·la.– Tu, la mare i jo, de qui som?

–De ningú... O, no sé... No crec... –M no està segur d'estar entenent la seva germana.– Per què?

–No som del pare?

–No, no som de ningú –ara sí: contesta ràpid, prement una mica les dents, en veu baixa, cap endins. Precís, inequívoc. Segur. I immediatament comença a obrir i tancar els ulls com si una pestanya li fes nosa.– Nosaltres tres no som de ningú.

–Que bé! –sospira la germana, com si així ja no hagués d'amoïnar-se–. I la mare?

–La mare, què? –pregunta M en un to de veu una mica més alt del que la germana esperava.

–On és?

Un sospir.

–A la dutxa.

–Llavors em poses tu els cereals?

–Sí.

–Em moro de gana!

La mare surt de la dutxa. Ha entrat al lavabo just abans que els seus fills hagin pogut fixar-se en els senyals de la cara i el braç: un blau al costat del llavi i quatre dits a l'espatlla esquerra.

Ha trigat uns minuts a sortir. Fresca, acabada de maquillar, amb aquest somriure grotesc i la veu una mica afònica, absent, cansada. Tus una mica i va a la cuina a preparar l'esmorzar.

La germana i M ja estan asseguts a taula. Ella menja cereals i ell sembla que pensi en alguna cosa.

–En què penses?

–En un examen de l'escola –fa, despistat.

I surt de la cuina sense haver esmorzat.

–Ja esteu d'exàmens? –pregunta la mare.

Però M no l'ha sentida, o no contesta.

–Nosaltres no –somriu la germana movent la nina filla com si fos ella qui contestés. I continua menjant-se els cereals.

La mare s'aixeca de taula, somriu a la germana amb aquell somriure que sembla una màscara i segueix M fora de la cuina.

Toca amb suavitat la porta del lavabo.

–Has menjat res? –gairebé una súplica.

Però M no contesta.

Necessita estar sol uns minuts.

Després sortirà, pensant com explicar a l'entrenador que no podrà dedicar-se al bàsquet professional.

Potser hauria de dedicar-se a algun ofici que s'aprengui ràpid.

Tot i que ara no hi pot pensar, en això. Ara se sent incòmode perquè no sap què contestarà a l'entrenador si li pregunta les raons per les quals ha pres aquesta decisió.

«No hi ha dubte», sospira M, mirant-se al mirall sense parpellejar, «hauria de ser més rude.»

–M, que no has esmorzat?

–Em vaig a dutxar, mare. Ara surto.

–No se't farà tard?

–No.

La mare ajuda a vestir-se la germana de M: uns pantalons vermells, una camiseta blanca i vambes també blanques. Li recull els cabells en una cua de cavall i li prepara l'esmorzar per a l'hora del pati.

La germana es posa la motxilla a l'esquena i espera que M surti del lavabo.

La mare també espera.

M voldria posar-se l'uniforme de l'equip de bàsquet i no haver d'entrar a classe. Però no té entrenament fins demà, així que torna a fer servir la roba del dia abans: uns texans desgastats, camiseta negra i vambes carbasses.

A més, així avui no haurà de parlar amb l'entrenador. Li queda encara un dia per pensar en la millor forma de dir les coses.

Quan surt del lavabo, la mare pensa que M ja s'ha fet gran. I el mira com si se'n volgués assegurar.

Però M no pregunta res, no pregunta per què la mare el mira d'aquesta manera.

–Anem –diu a la seva germana donant-li la mà.

La mare voldria demanar a M que li faci un petó. Però no ho fa. Observa com els seus dos fills surten de casa i es queda sola.

Llavors renta els plats, escombra una mica la cuina, fa els llits, cull les coses que ha fet caure el pare quan buscava les claus, sospira, es revisa el maquillatge al mirall del lavabo i surt de casa.

Treballarà fins a les dues en una oficina de l'administració.

I demà les seves companyes diran que no van notar res d'estrany. Que els va semblar que la mare de M estava com sempre: una mica trista.

8

–M. –Un moviment de cap.

És J. El seu amic J, que no sospita res.

M no l'hi ha explicat mai.

No li ha dit que als matins es desperta quan el pare no fa soroll.

Ni tampoc li ha parlat dels senyals en el cos de la mare, ni del somriure fals, ni de la por que li fa posar-se entre el pare i la mare quan al pare se li infla una vena del mig del front perquè es posa nerviós.

No l'hi ha explicat. No n'hi ha dit res.

Ni d'això del bàsquet, ni de la universitat, ni que aquest matí ha pensat que hauria d'aprendre un ofici ràpid per marxar amb la mare i la seva germana.

J no en sap res i M se sent sol.

Potser Ella també se sent sola. I potser ho estigui de debò. Però com que sempre va acompanyada de nines, es nota menys. Una nena nina, un nen ninot, una mare nina i un pare ninot que s'assembla molt al seu pare i que sempre renya la seva família.

Quan el pare no la mira, és clar.

Perquè quan el pare és al davant, ella juga a altres coses: menjars, botigues, firetes i reunions d'amigues. Altres jocs.

M sospira i somriu.

–Hola, J.

A M li agrada venir a l'institut perquè mentre és aquí no ha de ser a casa.

I tot i que a vegades pensa que només li agrada per això, sap que no és veritat. Que també li agrada estar amb J, anar a algunes classes, veure L, jugar a bàsquet i xerrar despreocupadament amb l'entrenador.

L'entrenador és un bon home.

M se sent bé quan està amb ell. Es coneixen des de fa temps i es respecten.

Això és el que pensa M: que ell i el seu entrenador senten respecte l'un per l'altre. No que només són cordials per educació, sinó que senten veritable estimació l'un per l'altre: que es cauen bé.

A més, fa molts anys que M ve aquí cada dia. Tot primer a l'escola dels petits i ara a l'institut. I aquí se sent com a casa.

Però més segur.

Ella travessa el pati dels petits després d'acomiadar-se, i M i J s'allunyen enraonant. No tenen pressa. I parlen mentre caminen.

Tot i que M segueixi sense explicar-li res del que passa a casa.

Demà J esperarà M davant la porta del pati dels petits, com cada dia. I després se n'anirà a classe sorprès, pensant en alguna explicació.

M mai no deixa d'anar a classe i Ella tampoc. Excepte si es posen malalts. Com aquell cop que L li va encomanar la grip i M es va haver de quedar uns dies al llit.

Si no, sempre arriba d'hora a l'escola.

Perquè no li agrada estar a casa seva, tot i que J

mai no s'havia aturat a pensar per què i se sentirà malament la resta de la seva vida per això.

I també perquè demà, unes hores després que se n'hagi anat a classe sorprès, arribaran dos agents de policia i la directora anirà a la classe de M i de J.

Seran cap a les onze.

–J, pots sortir un moment?

I J sortirà.

I des de dins de la classe, al cap d'un parell de minuts, se sentirà el crit de J quan s'assabenti del que ha passat.

M haurà mort.

I la policia voldrà parlar amb J, fer-li preguntes, trobar explicacions, entendre què ha passat.

Però J no tindrà res a dir-los.

Ignorava que el pare del seu amic pegués a la seva família. No en sabia res. Gairebé mai no anava a casa de M, és veritat. Però M anava sovint a casa seva, i a vegades fins i tot s'hi quedava a dormir.

A més, J coneixia la mare del seu amic.

I fins tot havia vist el seu pare algunes vegades.

I no cal dir que coneixia a Ella, la germana petita. La veia gairebé cada matí des de feia quatre o cinc anys, quan es trobava amb M davant de la porta del pati dels petits.

I després de dir tot això J, no podrà parlar més.

I la classe tampoc.

Hauran sentit el crit desconsolat del seu company i estaran intranquils.

–Què passa? –preguntarà una de les nenes de la classe.

I la professora no sabrà què dir perquè no tindrà ni idea de què està passant. Així que sortirà precipitadament al passadís a preguntar-ho a la directora, tot i que mirarà de fer veure que conserva la calma.

–No us mogueu.

I ningú no es mourà, perquè tots tindran l'horrible sensació que ha passat alguna cosa tremenda, malgrat que no sabran què és.

Encara no.

I al cap de pocs minuts, J, la professora, la directora i els dos policies entraran a la classe de quart.

I els adults es posaran al davant, miraran una mica a terra i després una mica cap endavant.

Intranquils, espantats.

I aleshores els alumnes callaran perquè la directora parli. Sorpresos, inquiets, atordits, esperant una explicació que no estaran molt segurs de voler escoltar.

No tots.

–Us he de comunicar una cosa molt trista –dirà la directora sense alçar la vista de terra. I tots seguiran mirant-la.– M va morir ahir a la nit.

Alguna exclamació, el plor espontani d'alguns companys i un crit ofegat: L.

Tot i que ningú no ajudarà L.

Encara no. No serà important.

La professora la mirarà pensant com consolar-la. Però tampoc no farà res.

Voldrà saber més coses.

Com tots els altres.

Per això ningú no es fixarà en L quan deixi escapar un crit ofegat: perquè estaran massa impressionats.

I el primer pel que s'haurà d'estar, demà, serà per M.

–Com va morir?

–Un accident domèstic –contestarà la directora. Massa ràpid, com contestava M a vegades.

–No és veritat –cridarà J, que fins aquell moment no haurà dit res. I després afegirà, com si li costés parlar, com si estigués fent un gran esforç:– Va morir assassinat.

Silenci.

–El va matar el seu pare d'un tret. A ell i a la seva família –dirà J.

I aleshores sí, aleshores J reaccionarà, sortirà fugint de classe, clavarà un cop de porta i correrà fins a l'edifici dels més petits.

Mentre corre, pensarà en les amigues d'Ella i es lamentarà de no haver-les conegut mai.

Sap qui són i alguns dels seus noms, però ell era amic de M, no d'Ella.

I sap poques coses sobre com era Ella.

Era.

Eren. Perquè M i Ella han mort.

I la mare també.

9

M HA ESTAT tot el matí absent, sense parar atenció a les classes, pensant en altres coses. I a l'hora de dinar torna a casa intranquil.

No vol trobar la mare trista.

Ja no.

Vol que el matí d'aire retallat hagi acabat.

Vol que no hagi passat res avui a dos quarts de vuit, abans d'anar a l'escola, després que el pare hagi tornat a buscar les claus del cotxe i hagi cridat «redéu!» al costat de la cafetera que els va regalar l'àvia.

Ella corre a la cuina a fer un petó a la mare, que arrebossa carn d'esquena a la porta.

Sembla tranquil·la, despreocupada, com si no estigués pendent de qui entra a casa.

Com si no tingués por.

M voldria abraçar-la. Dir-li: «Mare, ens en sortirem.»

Però no diu res, perquè no sap què dir.

Com podria demanar a la mare que no s'amoïnés? Com podria treure la mare i la germana de tot això? Com podria prometre res si se sent la pitjor persona del món, la més confosa, la més covarda? Un fill cruel?

–Què tal la feina, mare?

–Bé –contesta la mare, sense atrevir-se a mirar M als ulls–. I l'escola?

–Bé –contesta M imitant la veu de la mare–. I la feina?

I la mare riu, M riu i Ella també riu, tot i que no sàpiga de què riuen la mare i M.

Els agrada estar tots tres sols. Es porten bé.

–Què hi ha per dinar?

–Peix amb patates.

–I la carn?

–És per sopar.

–Paro taula?

–Gràcies –contesta la mare. I respira una mica més tranquil·la.

Si M li ofereix ajut és perquè ja no està empipat amb ella.

Ni tampoc amb ell.

A la mare l'amoïna que M s'empipi amb ell mateix.

És el que més mal li fa.

I voldria dir-li que no ha de sentir-se malament, que tot això que passa no és culpa seva, que no és ell qui ha de trobar-hi una solució.

Que el que passa a casa és entre el pare i la mare.

Però no diu res.

Perquè sap que no és cert.

I també sap que si parla del que va passar ahir a la nit i avui al matí, M s'allunyarà. Se sentirà frustrat, trist, nerviós, i s'allunyarà.

Encara que no marxi enlloc.

I a la mare li agrada veure M tranquil. Saber que se sent a prop, que no pensa que està sol.

Així que tots tres comencen a dinar sense mencionar el que ha passat i riuen de les coses que Ella fa dir a les nines.

Quan acaben, M recull els plats bruts i s'aixeca a buscar les postres. I quan surt del menjador, somriu a la mare.

I la mare es queda asseguda a taula i mira la seva filla petita.

Aleshores sospira.

Com si finalment estigués traient l'aire que tenia guardat des d'ahir a la nit, quan només podia respirar la por.

Com si descansés una estona.

I la mare pensa que li agrada molt la vida quan els seus fills no tenen por. I que potser hauria de parlar amb una companya de la feina que es va separar fa un parell d'anys. Potser també podria separar-se.

Potser també en seria capaç.

–En què penses, mare? –pregunta Ella.

I quan M escolta la pregunta des de la cuina, es posa tens. Perquè no vol que la mare torni a parlar del que ha passat. No vol haver de pensar una altra vegada en el que passa a casa.

Ara no.

Ara vol sortir de la cuina, asseure's a taula i menjar-se les postres amb la seva família. Sense pensar en res.

–Coses de la feina, reina –somriu la mare.

I a M, que en aquest moment ha arribat a taula amb un meló acabat de tallar en una safata, li ha semblat que el somriure de la mare era un somriure sincer.

Tot i que l'ha mirada de reüll, sense que la mare s'adonés que l'estava observant.

Per això no n'està gaire segur.

«No és cert, M. Probablement no hauries de ser més rude del que ets. Encara que ho pensis als matins davant del mirall.»

10

SONA el telèfon.

–És per a tu! –crida la germana, que ha anat corrent a la sala d'estar a contestar.

Li agrada contestar al telèfon. Des que era petita.

I a vegades Ella i M juguen a veure qui hi arriba primer. Tot i que M sempre la deixa guanyar.

O gairebé sempre.

Perquè a vegades està empipat i vol guanyar de veritat.

Però avui M no s'ha aixecat a jugar amb la seva germana quan ha sonat el telèfon. Avui s'ha quedat amb la mare a taula al menjador.

–És per a tu! –ha cridat la germana.

M va a la sala d'estar.

És el seu amic J que li demana que li deixi una pel·lícula. N'han parlat al matí a l'institut.

–Aquesta tarda te la porto –diu M.

Però ho oblidarà.

I J trigarà uns quants mesos a comprar-la i molts, molts més, a veure-la.

I aquesta pel·lícula sempre el farà pensar en el seu amic M, en com hauria estat M si hagués seguit creixent, en la persona que s'hauria convertit si no hagués mort assassinat als setze anys, deu hores i mitja després d'haver sentit aquesta frase:

–Gràcies –contesta J–. Ens veiem.

–Adéu –s'acomiada M. I penja el telèfon.

Però no torna de seguida al menjador.

Es queda assegut i mira el seu voltant. És primavera. Per les finestres de la sala d'estar entra molta llum i damunt dels prestatges hi ha fotografies.

M no s'aixeca a mirar-les.

Sospira, tanca els ulls, respira fent un soroll profund i torna al menjador.

Ha de fer alguna cosa perquè les coses canviïn.

Abans de res, ha de prometre's a si mateix que no tornarà a enfadar-se amb la mare.

El que passa a casa no és culpa seva.

–T'ajudo a rentar els plats, mare? –pregunta M quan els tres s'acaben de menjar el meló. Se sent culpable d'haver-se enfadat amb la mare. Tots s'enfaden amb ella.

Pobra mare.

–No, M. Afanya't que has d'anar a l'institut. Això ho faré jo a la tarda.

–No sortiràs?

–No, avui em quedaré a casa.

I M sap per què.

Sap que a la mare li fa vergonya que algú noti que s'ha pintat per amagar el blau que té al costat del llavi o que no s'ha posat un vestit de tirants, encara que ja sigui primavera, perquè no es vegin els quatre dits que té marcats a l'espatlla esquerra.

I M sent una punxada de ràbia, però no diu res.

Perquè ha decidit no tornar a culpar la mare de tot el que està passant.

11

UNA VEGADA el pare se'n va penedir. M ho recorda mentre torna a l'institut a la tarda amb Ella. I ho recorda com si aquell moment de penediment pogués donar-li una explicació, una sortida, un refugi.

Recorda que el pare va dir que no volia ser tan agressiu i que miraria de calmar-se.

–Abans no eres així –va sospirar la mare.

–Ja ho sé, cuca –va sospirar també el pare–. No sé què tinc. Potser és culpa de la feina. O la casa, els nens... No ho sé. Totes aquestes obligacions em posen molt nerviós. Tinc por de fer-ho malament, de no saber fer-me'n càrrec.

M no hauria d'haver sentit aquella conversa, però la va sentir. I no li va agradar que el pare digués cuca a la mare.

Va ser una nit de fa alguns anys.

M es va aixecar per anar a la cuina a buscar un got d'aigua i va sentir aquest tros de conversa. El pare dient a la mare que no volia ser tan agressiu i que miraria de calmar-se.

–Abans no eres així –va sospirar la mare.

I M ha pensat sovint en com era el pare abans.

Tot i que no ho vol preguntar.

No vol que la mare sàpiga que pensa en el pare i tampoc no vol preguntar res a l'àvia, que és qui podria explicar millor com era abans el pare.

A M no li agrada l'àvia. Perquè l'àvia sempre defensa el pare.

Potser ho fa perquè el pare és el seu fill, o potser pensa que les coses han de ser així i que el pare és l'home de la família, qui ha de decidir com han de ser les coses.

Però a M no li sembla bé. Perquè l'àvia ha d'haver notat que la mare es maquilla molt per amagar els blaus. I a M no li sembla bé que, tot i així, sempre defensi el pare.

–Per què ho fas, àvia? –li va preguntar M una vegada. Abans, quan M era petit i encara no sabia que l'àvia sempre defensaria el pare i que ell mai no podria ficar-s'hi.

–Per què fa què? –va voler saber el pare, que en aquell moment entrava a la sala d'estar amb un somriure que semblava un somriure de debò.

I potser ho era. Potser el pare estava content perquè se sentia confiat. Tot i així, però, aquell fou l'únic cop que M recorda haver vist l'àvia dir una mentida al pare.

–Res, fill. Coses nostres –va contestar l'àvia despentinant M.

Però M es va apartar. No li agrada que l'àvia el despentini.

A vegades el despentina la mare i no li fa res, tot i que pensi sovint que hauria de ser més rude.

I a vegades també el despentina el pare, quan entra al matí a la seva habitació per acomiadar-se i mira de no despertar-lo. Però a ell, M no gosa dir-li res. Ni què li agrada, ni què no li agrada.

Li té por.

Tot i que senti un dolor molt peculiar en reconèixer-ho. Com una barreja de tristesa i odi. Un dolor estrany.

12

M ARRIBA A L'ESCOLA i es troba amb J.

–J –amb un moviment de cap.

–I la pel·lícula?

–Ai! –exclama M–. Me n'he oblidat. Te la porto demà?

Ella s'acomiada fent adéu amb la mà i J la mira. I després mira un altre cop M i contesta:

–És clar, porta-me-la demà.

I per últim cop s'allunya caminant al costat del seu amic, des del pati dels petits fins a la classe de quart.

Junts per última vegada: M i J, amics des que van començar l'escola.

–Com està el teu pare?

–El meu pare? –pregunta J sorprès.

–Sí, com està?

–Bé –respon J, sense entendre gaire bé aquesta pregunta tan estranya. Tot i que la veritat és que M ha estat una mica estrany tot el dia. A vegades ho està.– I el teu?

–Bé, gràcies –diu M sense mirar el seu amic.

I callen perquè estan entrant a la classe.

I J recordarà aquestes dues frases la resta de la seva vida: «Com està el teu pare?» i «Bé, gràcies». I també durant la resta de la seva vida se sentirà culpable de no haver sospitat res.

Pobre J, no sap que no podia fer-ho.

No sense pistes. I M mai no n'hi havia dit res.

Perquè M no diu.

S'asseu a classe i escolta amb atenció la professora, que acaba d'entrar i que ara els està parlant d'un problema de matemàtiques complicat, complex. Però M la segueix amb atenció.

Li interessa. L'entén.

I la professora li somriu.

Ningú no se n'ha adonat, però M acaba la primera classe de la tarda sentint-se bé d'haver rebut aquest somriure. Perquè encara que M ja sigui gran, a vegades voldria tornar a ser un nen perquè les coses poguessin passar d'una altra manera.

I aquest somriure de la professora l'ha fet sentir còmode. Com quan als nens els somriuen perquè entenguin que estan fent les coses ben fetes i a ells els agrada.

Finalment.

I per això, abans del canvi de classe, fins i tot s'alegra de no tenir entrenament avui.

Perquè ara que se sent bé no sabria com dir a l'entrenador que ha decidit no presentar-se a les proves per competir.

Demà al matí haurà de pensar en alguna cosa. Té bàsquet a la tarda i no vol que sembli improvisat.

Encara que no competirà, vol que l'entrenador entengui que li importa, que no li és igual, que ha pensat en la seva proposta.

Però demà a la tarda suspendran l'entrenament per respecte a ell, a la seva germana i a la mare. I els seus companys d'equip estaran tristos durant uns dies.

Alguns en parlaran amb els seus pares i els explicaran què ha passat sense entendre-ho del tot. Altres, no.

Altres tindran por.

13

DEMÀ, a casa de J no esperaran que sigui l'hora de dinar.

La directora trucarà al pare de l'amic de M, que treballa a casa, per explicar-li què ha passat. I li dirà que el seu fill ha sortit corrent de la classe de quart.

I aleshores el pare de J agafarà el cotxe i anirà a l'institut de seguida.

I quan J surti fugint de classe, després d'haver dit «l'ha matat el seu pare d'un tret», d'haver clavat un cop de porta i d'haver anat a l'edifici dels més petits a veure les amigues d'Ella, es trobarà amb el seu pare a la porta principal.

J voldrà córrer, però necessitarà temps.

I el seu pare, el pare de J, no dirà res, ni tampoc no es mourà.

Esperarà mentre a J li calgui plorar sol per no haver conegut les amigues d'Ella. I després el veurà caminar.

Lentament, com si a J li costés creure que continua sent capaç de caminar.

I després de travessar el pati dels petits, J arribarà finalment al seu costat.

Al costat del seu pare.

I cap dels dos no parlarà.

S'abraçaran i J plorarà a les portes del centre on ha anat amb M des que tots dos tenien quatre anys. Dotze anys junts, sempre.

Ell i el seu amic.

Però demà J no plorarà sol. Buscarà auxili entre els braços del seu pare i ploraran plegats.

I junts, pare i fill, sense deixar d'abraçar-se, veuran sortir L, que se n'haurà anat de classe sense dir res, sense explicar a ningú que estimava M, sense sentit.

I L caminarà fins on són J i el seu pare, però els passarà pel costat sense dir res.

Tot això passarà demà.

Perquè avui M i J han tornat a trobar-se davant el pati dels petits després de dinar, s'han acomiadat d'Ella, han anat a classe de matemàtiques i M ha rebut un somriure de la professora.

Després, en el canvi d'assignatura, M s'ha alegrat que no hi hagi entrenament fins demà.

Però en cap moment no ha pensat a explicar-li res, a J.

No vol parlar.

No vol explicar a ningú que la mare no fa res.

Sap que ell pot entendre-la perquè l'estima, però no suportaria que ningú jutgés la mare. No sense haver vist la ganyota falsa que l'amaga, els blaus al costat del llavi, els dits marcats a l'espatlla esquerra, la por que passa quan el pare torna a casa. Por per ella i por pels seus fills.

No, ningú no té dret a opinar sobre el que fa la mare sense saber què se sent quan es té tanta por.

Ni tan sols el seu amic J.

14

–NENS –dirà la directora entrant a l'aula–, el professor de geografia no pot venir. Aprofiteu l'hora per estudiar, si us plau. De seguida vindrà algú a vigilar-vos.

I aleshores M deixa anar un sospir. Com si concentrar-se en l'explicació de la directora li hagués produït una gran tensió.

Com si hagués tingut por que hagués entrat a dir una altra cosa.

I pensa que això és estrany, però de seguida se n'oblida.

Aleshores M i J estiren els braços, aixequen una miqueta les puntes dels peus, es desenrampen i respiren profundament abans de començar a parlar de coses que no tenen res a veure amb l'institut.

–T'agradarà la pel·lícula –diu M.

–Em moro de ganes de veure-la –contesta J mentre busca el llibre de geografia a la motxilla. I després explicarà alguna cosa que li ha passat no fa gaire i M callarà per escoltar-lo.

Tot i que mentre se l'escolta, M pensa que el que de veritat voldria és interrompre el seu amic i dir-li: «J, tinc por, tinc ràbia, estic trist. Trist de veritat.»

Però no diu res.

No explica al seu amic què és la impotència.

I somriu mentre J li explica alguna cosa sense importància. I aleshores J riu en acabar d'explicar el que li ha estat explicant. I L els mira des del seu lloc.

–T'està mirant una altra vegada –diu J.

–Crec que et mira a tu –contesta M, posant-se una mica nerviós.

–Ah, és guenya? –exclama J començant a riure.

I M haurà d'aguantar-se el riure, perquè en aquell moment entra una professora a vigilar els alumnes de quart durant l'hora d'estudi.

No és la mateixa professora que fa una estona ha somrigut a M. És una altra, més severa. I M i J callen.

I L es tomba i mira cap endavant.

Però aleshores M fa un soroll estrany amb la boca perquè L es giri. Perquè no vol que pensi que ell i J s'estaven rient d'ella.

I quan finalment es gira, M somriu i L es posa contenta.

–Et trobes bé, M? –pregunta la professora.

–Sí –contesta M una mica avergonyit que l'hagin enxampat.

I J s'aguanta el riure i L se sent bonica.

–I no t'estimes més guardar-te per a tu els sorolls i les rialletes?

–Sí.

I demà la professora no se sentirà culpable d'haver dit això. Tot i que els companys de M li faran mala cara pels passadissos per haver deixat M en ridícul el seu darrer dia de vida, la mestra pensarà que no es pot ajudar algú que no demana ajut.

I que ella no en sabia res, de l'infern que estava vivint M.

Ni ella ni ningú.

I que per això no és culpa seva no haver tractat M com si hagués de morir l'endemà.

Això pensarà la professora, encara que els companys de M li facin mala cara pels passadissos durant un temps.

15

DESPRÉS DE GEOGRAFIA, que avui s'ha canviat per una hora d'estudi, M té classe al laboratori. Així que va amb els seus companys fins al segon pis de l'edifici de l'institut, es posa una de les bates blanques que són al penja-robes de l'entrada i escolta dret al costat del microscopi.

El professor els parla de l'herència genètica. Alguna cosa relacionada amb l'ADN. I M sent lleugeres nàusees que no vol que ningú noti.

Ganes de vomitar.

–No es pot evitar l'herència genètica –està dient el professor–. Perquè l'ADN és com una cadena d'informació que fa que, en part, siguem una reproducció exacta dels nostres pares. I que hàgim rebut la mateixa informació genètica que ells, els nostres avis, els nostres besavis, i els besavis dels nostres pares. I fins i tot de molt, molt temps enrere.

I M es mareja una mica.

–I saber això és útil, per exemple, per preveure algunes malalties familiars.

I M es mareja una miqueta més.

–Així que –continua dient el professor– gràcies a l'estudi de l'ADN...

I M vol saber-ho tot, però sense haver de seguir-ho escoltant. No vol sentir res més.

No vol pensar en què s'assemblen Ella i la mare.

No vol que ningú tracti mai la seva germana com estan tractant la mare.

No vol que el pare sigui el pare.

I ell no vol seguir sent M.

I el professor ho nota. M no sap per què, però el professor ho ha notat. I l'ha mirat sorprès, a punt de preguntar-li si es troba bé.

Però M ha fet cara de por.

Una por que no ha notat ningú més.

Alguna cosa que només el professor entén. Gairebé una súplica: «No em pregunti aquí, no davant dels meus companys, no ara. Sisplau.»

I el professor ho deu haver entès, perquè no diu res. Sinó que continua fent la classe sobre l'ADN provant de no mirar fixament M.

I aleshores M sospira alleugerit de pensar que el professor l'ha entès i que no li preguntarà si es troba bé davant dels seus companys de curs.

Que ningú no sabrà res.

I pensa que potser el professor del laboratori també té por d'algú i per això l'ha entès.

«Potser no estàs tan sol, M.»

I el professor continua parlant de l'herència genètica tot i que M vol que acabi la classe, que li passin les nàusees i que ningú no torni a mirar-lo amb cara de preocupació.

–Ha estat interessant, oi? –comenta J a la sortida.

Però M no contesta, perquè va corrent al lavabo a vomitar.

I quan surt, J li pregunta:

–Estàs bé?

–Jo sempre estic bé –contesta M, fent la cara que faria un mal actor en una pel·lícula de la televisió. I J vol riure, però per alguna raó no ho fa.

I J i M surten de l'institut, travessen el pati i esperen, per última vegada, davant l'edifici dels nens petits.

Sense dir-se res.

M s'ha quedat callat i J pensa que potser no li ha passat del tot el mareig.

–Vols menjar res? –pregunta.

–No tinc gana.

16

ELLA travessa el pati dels petits amb la seva mestra, que li dóna la mà. Està plorant.

–Què li passa?

–Digues als teus pares que em truquin.

I M fa una cosa que no havia fet mai a cap mestre: alça una mica la veu.

–He preguntat què li passa.

I la mestra es queda tan sorpresa que un alumne de l'institut li digui res en aquest to, que contesta.

–Ha pegat a una nena.

–Ella no pega –contesta M. Una altra vegada massa ràpid.

–Doncs avui ha pegat –assegura la mestra, una mica empipada que M li porti la contrària d'aquesta manera tan impertinent.

I després vol allunyar-se.

–Per què? –pregunta M.

I la mestra se'l torna a mirar, sorpresa. I J també.

–Són els teus pares els qui haurien de preguntar això.

–Doncs ho pregunto jo.

–Amb quina autoritat?

I M se sent acorralat, però contesta.

–Sóc el seu germà gran i vull saber què li passa.

–Doncs jo sóc la seva mestra i vull que diguis als teus pares que em truquin. Ella duu una nota a la motxilla. Que la llegeixin. –I sense dir res més, la mestra s'allunya caminant de pressa.

I J diu:

–Quina bleda!

I Ella mira M, estranyada que s'hagi enfadat amb la seva mestra però una miqueta contenta que l'hagi defensada.

–No ha estat res, M.

Però M només exclama:

–Què està passant avui?

I quan els tres surten de l'institut, M clava un cop de peu al cubell de la brossa que els cuiners de l'escola han deixat al costat de la porta del magatzem.

–M, estàs bé? –pregunta J.

–Jo sempre estic bé –diu, imitant un altre cop un mal actor.

I aquest cop J tampoc no riu.

Però M sí, tot i que amb un somriure molt trist i sense fer soroll.

I J camina al seu costat pensant que a vegades M fa coses així, com si li agradés fer veure que és una altra persona. Potser serà actor.

Els actors són gent estranya, pensa J.

Ella camina al costat dels dos amics sense parlar. Dóna la mà a M. I ja no plora com plorava quan ha travessat el pati dels petits.

Amb M se sent segura.

–Ens veiem demà –diu J en arribar a una cantonada.

I Ella somriu per acomiadar-se'n.

M també somriu, i se sent una mica ridícul d'haver clavat un cop de peu al cubell de la brossa davant del seu amic.

J a vegades no sap com reaccionar a algunes coses i M no vol fer-lo sentir incòmode.

–Vols que et porti la pel·lícula a casa teva, aquesta tarda? –pregunta.

–No hi seré –contesta J com si ja hagués oblidat el cubell de la brossa, el cop de peu i la mestra d'Ella–, he d'anar no sé on amb els meus pares. Ja me la donaràs demà.

–Segur?

–És clar. No t'amoïnis –somriu J. I s'allunya caminant tot sol.

–M –diu Ella–, avui tampoc no hi hauries pogut anar.

–Per?

–No recordes que anem a sopar a ca l'àvia?

–Jo no hi vaig.

17

–JO NO VAIG A SOPAR a ca l'àvia –diu M entrant a la sala d'estar. I ho diu fins i tot abans de saludar la mare.

Fa temps que no li fa cap petó.

–Quan? –pregunta la mare sense aixecar-se del sofà.

–Avui.

–Nosaltres tampoc –contesta la mare. I remou els cabells d'Ella, que s'acosta a fer-li un petó.

–No? –pregunta Ella, sorpresa–. M'havies dit que hi aniríem.

–Doncs al final hi anirem dijous, reina.

–Per què? –vol saber Ella.

I M mira la mare i pensa si s'atrevirà a contestar la veritat.

Si s'atrevirà a dir que no vol sortir de casa amb aquestes marques a l'espatlla esquerra i un blau al costat del llavi.

I per què no ho hauria de fer? Per què la mare no hauria d'atrevir-se a dir la veritat? Per què no poden començar a ser sincers els uns amb els altres?

Per què continuar amagant el que tots ja saben? Fins i tot Ella, a qui M i la mare han provat d'amagar-ho.

M segueix mirant la mare, encarant-la.

–Sí, mare. Per què no hi aneu avui, a sopar a ca l'àvia?

I la mare aguanta l'aire, com fa molts cops, i contesta amb un somriure que sembla una ganyota.

–Perquè avui tenim carn arrebossada!

Ella somriu. Però M no.

M sospira i es gira per marxar.

–Ha passat res a l'escola?

Ella abaixa una miqueta el cap i M pensa que en realitat no vol encarar la mare. I que tampoc no li importa saber per què ha decidit que aniran a ca l'àvia el dijous enlloc d'avui.

Ja no.

Ara el que vol és tancar-se a la seva habitació.

–M'he barallat a classe –diu Ella.

–Per què? –pregunta la mare.

Però Ella no diu res. I la mare mira M, que s'ha girat per contestar.

–Jo no tinc autoritat.

–Què vols dir?

M contesta ràpid:

–Que la mestra diu que no puc preguntar per què s'ha barallat la meva germana. Que no tinc autoritat. Que li ha posat una nota a la motxilla i que vol que li truqueu com més aviat millor. Tu o el pare.

I quan M diu la paraula «pare», la mare marxa un moment.

No és que surti de la sala d'estar ni res, i ni tan sols no s'aixeca del sofà, però és com si se n'hagués anat un moment.

I M no vol preguntar per què.

–Vaig a la meva habitació.

–Tens deures?

–Els faré després.

–Què us han donat per berenar? –pregunta la mare a Ella.

–Pa dolç amb xocolata –contesta Ella somrient una mica i començant a treure les seves nines de la motxilla.

–Per què t'has barallat?

Però M no es queda a escoltar la resposta.

Falten exactament dos minuts per a dos quarts de vuit del vespre.

Només queden cinc hores i mitja

18

QUAN M SURT de la seva habitació, són gairebé les vuit. Si J l'hi hagués demanat, li hauria anat a portar la pel·lícula i la tarda hauria estat diferent.

Li hauria agradat sortir una estona de casa.

I potser, com ha passat altres vegades, el seu amic l'hauria convidat a dormir i haurien sopat tots quatre. Amb els seus pares.

Li agrada la família de J. I només dorm fora de casa quan és amb ells.

Però avui J havia de fer alguna cosa amb els seus pares.

«Amb tots dos», pensa M sortint de la seva habitació.

Quan M entra a la sala d'estar com si s'acabés de despertar de fer la migdiada, la germana està fent els deures asseguda al sofà. Entre la mare i les nines.

M camina lentament.

Mira la mare i mira a Ella. I sap que li agradaria ser una altra persona que la persona que és. Encara que la seva família seguís sent la mateixa.

Però això no pot ser: és M.

«Jo sóc M», pensa.

I entra a la sala d'estar, on la mare ajuda la germana a fer els deures. Juntes, totes dues. Cinc hores abans de morir assassinades.

De morir assassinats tots.

–Que ens vols ajudar? –pregunta la mare amb un somriure que M no vol haver de pensar si és grotesc o, aquest cop, tan sols aquest, sincer.

–Que ens vols ajudar? –pregunta Ella imitant la veu de la mare i movent la seva nina mare com si fos ella qui ho preguntés.

I M riu. No havia pensat riure, però riu. I mou una miqueta els músculs de l'estómac quan ho fa. Despreocupat.

Però aleshores se sent la clau al pany de la porta i tots callen.

El pare ha tornat a casa.

La mare no diu res, M no diu res i Ella s'aixeca del sofà per anar amb el seu ninot pare a saludar al costat de la porta de la sala d'estar.

–Pare! –exclama el ninot.

–Tot bé? –pregunta ell sense saludar ningú més.

–Bé.

–Segur? –Està tens. M l'hi nota. No ha tingut un bon dia. O potser segueix enfadat amb la mare.– Què has fet?

–Res.

Però el pare sospita alguna cosa. Ella s'ha aixecat massa de pressa a saludar-lo quan l'ha sentit arribar.

–Segur que no ha passat res?

–Bé, m'he barallat a l'escola –dirà Ella abaixant una miqueta el cap i mirant a terra.

El pare mira la mare i no cal que pregunti res.

–Una nena l'ha insultada i Ella s'ha defensat –explica la mare.

–Com? –pregunta el pare.

–Li ha donat una empenta –contesta la mare aixecant-se a donar-li la nota de la mestra.

El pare la llegeix en silenci i pregunta a Ella:

–Què t'ha dit, la nena?

Ella no contesta.

–Mira'm quan et parlo i contesta –diu el pare alçant amb brusquedat el cap d'Ella–. Què t'ha dit, la nena?

–Malparida.

I el pare esclata a riure.

Ella se'l mira, M se'l mira i la mare també se'l mira.

–Quina família! –exclama el pare sortint de la sala–. Mira que és mala sort que m'hagi hagut de tocar una família així!

I mentre el pare s'allunya, se sent un sospir i un plany.

–Només em podia passar a mi...

I a la sala ningú no sap què dir. I per això ningú no diu res.

Esperen.

Saben que el pare no trigarà a tornar, perquè mai no es dutxa quan arriba al vespre.

Ella i la mare comencen a recollir les coses dels deures que hi ha damunt del sofà mentre M, en silenci, va al menjador a parar la taula. Però deixa oberta la porta de la sala d'estar.

Ella vol plorar, M ho nota.

Però no plora.

–Què hi ha per sopar? –pregunta el pare entrant un altre cop a la sala d'estar.

M el mira de reüll des del menjador.

S'ha tret la roba de carrer, s'ha posat el pijama i les sabatilles, sense mitjons.

Ja fa una mica de calor, tot i que sigui de nit. És primavera.

–Carn arrebossada i puré de pastanaga i patata.

–Un altre cop puré! –exclama.

–A mi m'agrada molt –diu Ella, que no pot dissimular que està enfadada amb el pare.

–Però és que tu ets una malparida –contesta ell esclatant a riure.

I Ella, ara sí, comença a somicar.

–Pijama? –pregunta la mare. I sense esperar cap resposta, dóna la mà a Ella i surt de la sala d'estar.

M agafa aire sense fer soroll.

–I tu? –pregunta el pare a M–. No tens res a fer?

–Anava a acabar de parar taula –contesta ell des del menjador. Massa de pressa. Amb les dents massa premudes i els pòmuls tensos.

–Doncs a veure si és veritat –diu el pare seient al sofà–. En aquesta família ningú no serveix per a res!

I després d'agafar el comandament de la televisió, l'encén i busca alguna cosa que l'entretingui.

19

–QUE NO HEM DE SOPAR? –pregunta el pare quan la mare torna a entrar a la sala d'estar.

–De seguida –contesta. I deixant anar la mà d'Ella se'n va a la cuina.

Sense aturar-se.

Voldria somriure a M, que ha parat taula. Fer-li saber que no està sol. Però no pot somriure sense fer algun moviment que sembli forçat, perquè M no l'està mirant.

Mira a Ella.

–On has deixat les meves nines? –pregunta la germana al pare quan la mare surt de la sala d'estar.

Està acabada de dutxar, i duu un pijama net i unes sabatilles de vellut que tenen la forma de dos caps de girafa.

Tampoc no porta mitjons.

–Quines nines? –pregunta el pare sense apartar la vista de la televisió–. No he vist res, jo.

–Doncs eren al sofà –protesta Ella.

I mirant entre les coses de l'escola que la mare i ella han endreçat, troba les nines.

Després seu a terra a jugar a famílies.

Parla xiuxiuejant, per no molestar el pare, però

alça una mica la veu quan el pare ninot renya la nina petita. Mai no ho fa: quan el pare és al davant, sempre juga a firetes i coses així. Però avui el pare ninot alça una mica la veu i diu a la nina nena:

–Ets la pitjor nena del món, la més confosa, la més covarda. Una filla cruel.

–Es pot saber qui t'ha ensenyat a dir aquestes bajanades? –crida el pare–. És que en aquesta casa no es pot tenir un minut de pau?

–A sopar! –fa la mare, traient el cap per la porta del menjador.

I Ella i M no diuen res més.

Seuen a taula i masteguen en silenci.

Com si no pensessin en el que estan menjant.

Com si Ella no recordés que li agrada molt el puré de pastanaga i patata.

Com si menjar no fos important.

O com si per un moment haguessin deixat de saber què els agrada i què no.

Ara tots dos germans sembla que només s'adonin que els costa empassar-se el menjar, que tenen una estranya sensació al coll i que cap dels dos no dirà res.

El pare i la mare tampoc no parlen.

I tots quatre acaben de sopar en silenci.

De fons se sent la televisió de la sala d'estar. L'home del temps assegura que demà farà sol:

–Gaudirem d'un d'aquells agraïts dies de primavera –acaba.

Demà.

20

–ANEU'S-EN A L'HABITACIÓ, he de parlar amb la mare –diu el pare quan la mare acaba de desparar taula.

M ha volgut ajudar-la, però el pare l'hi ha impedit. «Deixa-la, que faci alguna cosa», ha sospirat. I M no ha gosat moure's.

I després el pare, sense aixecar-se, els ha ordenat:

–Aneu's-en a l'habitació, he de parlar amb la mare.

I M ha tingut por, perquè recorda perfectament el que va passar l'últim cop que el pare va dir això.

I la mare també.

Però Ella potser no. Ella potser ho ha oblidat, perquè surt de la sala d'estar després de dir:

–Vindràs a fer-me un petó de bona nit, mare?

–És clar que sí, vida meva –contesta la mare. Aire retallat.

M no se'n va. No gosa deixar sola la mare.

Espera.

Però la mare li fa un senyal amb el cap. Un senyal que el pare no pot veure. Un senyal semblant al que avui M ha fet al mestre de laboratori.

Un senyal que tan sols poden veure els que tenen por.

I M surt de la sala d'estar amb la mirada alerta, nerviós. Recordant l'últim cop que el pare els va dir que sortissin perquè havia de parlar tot sol amb la mare.

La mare va passar tres dies al llit després d'allò. I M i Ella es van haver de quedar amb l'àvia.

Encara que no els agradés.

El pare no era gaire a casa i M i Ella eren massa petits per fer-se càrrec de la mare.

Així que se'n van anar amb l'àvia mentre una companya de feina ajudava la mare a fer algunes coses.

L'àvia no els va explicar res.

No els va dir què li passava a la mare ni si l'havia vista un metge.

I encara que era evident que M i Ella estaven tristos, tampoc no va provar de consolar-los.

Perquè l'àvia és una dona estranya, ha pensat M molts cops. Una dona que sembla que no recordi les coses que ja han passat. Una dona sense memòria. Una dona covarda o egoista que a M molts cops li fa pensar en un robot antipàtic.

I aquells dies que M i Ella van ser a casa seva, l'àvia no els va dir què estava passant.

I M, una tarda, es va acostar on era Ella jugant a metges amb les seves nines, va treure la nina mare del llitet que Ella li havia preparat amb uns coixins de la sala d'estar de l'àvia i va dir:

–La mare es posarà bona.

–De debò, M?

–De debò –va contestar M imitant una altra persona.

Ella va somriure una mica, M li va remoure els cabells i aleshores l'àvia va entrar a la sala d'estar i va sospirar:

–Ves per on! Al final somrieu... Ja començava a pensar que no us agradava estar-vos a ca l'àvia.

Però M i Ella no van contestar.

–Al vostre pare li passava el mateix. Cada cop que anava a casa de la seva àvia tornava emmurriat –va explicar l'àvia. I després va sospirar provant de fer riure:– Quina família tan desagraïda amb les àvies!

–Quan hi anava, el pare, a casa de la seva àvia? –va preguntar Ella molt sorpresa.

M no, M no va voler preguntar res.

–Quan era un nen.

–Au va! El pare mai no ha sigut un nen! –va exclamar Ella començant a riure.

I l'àvia no va saber què contestar, però M es va sentir orgullós de la seva germana i va somriure encarant-se amb l'àvia.

Al cap d'un parell de dies van tornar a casa amb la mare i el pare.

La mare caminava amb dificultats i tota l'estona feia un soroll una mica estrany amb la gola.

Però M va sentir que un veí deia a un altre:

–Pobra dona, ha caigut d'un tamboret quan netejava els prestatges de la cuina.

I va sospirar una mica.

Tot i que més endavant, un dia, mentre el pare era a la feina, finalment es va atrevir a preguntar a la mare:

–Mare, com et vas fer mal?

–Vaig relliscar a la dutxa –va contestar la mare. Massa ràpid, com M contestava sempre.

I M no va dir res. Però es va sentir força trist.

I avui, ara, com aquell cop, el pare ha dit:

–Aneu's-en a l'habitació, he de parlar amb la mare.

I M ha sentit la mateixa tristesa: una profunda, fonda i solitària tristesa.

Una tristesa que mai no ha explicat a ningú.

Ni tan sols a l'entrenador o al seu amic J.

I mentre M surt de la sala d'estar pensa què deu estar fent J i com s'ho deu haver passat aquesta tarda amb els seus pares.

«Amb tots dos.»

–Ajuda la teva germana a rentar-se les dents –diu la mare, tot just abans que M tanqui la porta de la sala d'estar.

Són tres quarts de deu de la nit.

21

A LES DEU se sent un cop sec i Ella mira de dormir.

S'ha rentat les dents, s'ha ficat al llit amb les seves quatre nines i ara mira de dormir. Li costa. No recorda si li ha agradat el sopar i té por.

Però vol dormir.

M no.

M vol saber què està passant a la sala d'estar. Així que mira d'endevinar. Pensa en el soroll. Ha estat un cop sec. I M pensa que potser el pare ha picat amb el palmell de la mà obert contra la paret.

M espera en silenci. Atent.

I de sobte sent coses que cauen, un crit ofegat i la veu impertinent del pare.

I M s'amaga.

Fuig.

Posa el cap sota el coixí i espera que arribi demà.

Però demà triga. No arriba.

Encara que l'home del temps hagi dit que «gaudirem d'un d'aquells dies agraïts de primavera», demà encara no arriba.

M vol anar a l'habitació de la seva germana, estar amb Ella perquè no tingui por. Per no estar sol.

Tot i que sap que el millor que pot fer és no moure's.

Quedar-se quiet i no fer que passi res més del que ja està passant.

Cops i algun crit.

I M amaga més el cap sota el coixí i desitja, de veritat desitja, que Ella hagi aconseguit adormir-se.

I pensant en Ella mira de no sentir els cops, els crits, ni la veu impertinent del pare.

I sent llàstima per l'entrenador, a qui demà dirà que deixa el bàsquet.

I recorda el seu mestre del laboratori i tot el que els ha explicat sobre l'ADN.

I pensa que potser hauria de parlar amb J demà quan li doni la pel·lícula.

I recorda el somriure de la professora de matemàtiques.

I pensa en L, la seva nena bonica.

I es queda adormit.

De tant en tant se senten cops, coses que cauen o es trenquen, precs.

Però M dorm.

Ja no sent res.

22

M NO SOMIA. Dorm.

I de sobte el pare entra a l'habitació sense obrir el llum.

Però, tot i així, M pot imaginar la vena inflada que li travessa el front.

–Desperta la teva germana i veniu a la sala d'estar. He de parlar amb vosaltres.

El pare crida, no parla.

I M té por.

S'aixeca sense sabatilles i sense mitjons i mira de veure què passa a la sala d'estar mentre fa cap a l'habitació de la seva germana.

Però no veu res.

No veu la mare.

I se sent culpable d'haver-se adormit.

Voldria xiuxiuejar «mare». Però no xiuxiueja res.

Entra a l'habitació d'Ella sense obrir el llum, la sacseja una miqueta i li diu que ha d'aixecar-se.

–Però quina hora és? –pregunta Ella mig adormida.

I M mira el rellotge de la paret de l'habitació de la seva germana.

–És tard, però serà un moment.

–Tinc son –protesta Ella.

–Vine amb mi. La mare ens està esperant.

I després de posar-li les sabatilles amb cap de girafa, li dóna la mà per dur-la a la sala d'estar.

Tot i que vol que les coses siguin diferents.

No haver de veure la mare amb la cara inflada, una parpella més fosca que l'altra, i aquesta posició incòmoda, a terra, al costat del sofà.

I tampoc no vol veure el pare com si no hi fos.

Ni sentir aquesta respiració. Retallada.

23

M I LA GERMANA entren a la sala d'estar. Agafats per la mà.

M obre molt els ulls quan veu el que passa i xiuxiueja «mare», però Ella, no.

Ella mira a terra, a les sabatilles amb cap de girafa, mentre aguanta una nina despentinada amb la mà esquerra i rep un tret mortal al cap que li causa un vessament cranial intern i immediat.

Dos crits a l'hora.

«No», crida després la mare tota sola. I vol aixecar-se per anar al costat de M, al costat del cos d'Ella. Però el pare l'apunta amb l'arma perquè es quedi quieta.

Sense dir res.

M alça el cap per mirar l'expressió del pare. És un home fort, pesat, robust. Amb una vena inflada que li travessa el front. És també un home boig, cruel, un home dolent?

M alça el cap i el mira fixament als ulls. I pensa que això que està fent no ho havia fet mai abans.

No s'hi havia atrevit.

Mirar el pare als ulls i aguantar-li la mirada. Com si sabés que està a punt de morir.

I ho sap.

–Finalment et quedaràs sol –diu al pare.
I el pare respon amb una pregunta:
–I això és el que vols, oi?
Però M no contesta.
Mira la mare, somriu i diu:
–Fa temps que no et faig un petó. I em sap greu, perquè t'estimo molt.
I no pot dir res més perquè en aquell moment rep l'impacte d'un tret al pit que ho enterboleix tot.
Un de sol, inequívoc.
Un tret mortal que només li ha deixat uns segons. Uns segons més per veure el món com un lloc molt borrós.
Uns segons i el cos de M cau a terra amb un cop sec. Sense emetre cap més so.
Ja no té a la cara el somriure amb què ha mirat la mare abans de morir, fa uns instants.
Després d'això, al pare se'l veu cansat. Com si ell i l'arma pesessin més del que pesen.
I de sobte, com si reaccionés, sent un crit darrere seu. Un crit en veu baixa, gairebé un plany. Un crit que sembla que surti de l'interior més profund de la mare.
I li sembla que fora, al carrer, algú crida també. Pregunta què ha passat.
I aleshores el pare es gira per apuntar al cos de la mare. Sense que cap dels dos es miri als ulls ni es digui res.
La mare ha deixat de cridar cap enfora.
I el pare comença a disparar.
Dispara molts cops, a tot el cos de la mare, com si la pistola hagués deixat de pesar i ara pogués moure-la amb facilitat.

Com si no sabés fer res més, però tampoc no sabés matar.

I dispara fins que la mare deixa de sentir el seu propi plor profund i de veure els cossos morts dels seus fills. Els seus dos fills.

El pare dispara fins que desapareixen de la vista ennuvolada de la mare la nina d'Ella i les seves sabatilles amb cap de girafa.

Fins que al món ja no hi queda res.

Perquè la mare ja no hi és i la família de M ha desaparegut per sempre.

M, Ella i la seva mare se n'han anat.

I nosaltres ja no tornarem a veure'ls. Mai més.

Tardor

Cinc mesos i mig després

J ENCARA NO HA DIT RES. Quan l'entrenador li va trucar per preguntar-li si voldria parlar a l'acte en record de M, J li va dir que hi aniria però que havia de pensar si diria res.

En volia parlar abans amb els seus pares.

Han vingut tots tres, J, la seva mare i el seu pare, i estan asseguts a l'aula de primer de batxillerat.

També hi ha altres pares, alguns professors, la directora i gairebé tots els companys que M tenia el curs passat.

–La veritat és que no sé què més us puc dir –conclou l'entrenador, que ja fa una estona que parla–. He estat pensant força en tot el que va passar i no sóc capaç d'entendre-ho. Ho sento.

–I què podem fer? –pregunta un alumne, desconcertat.

–No ho sé –sospira l'entrenador–. Suposo que continuar-hi pensant, mirar d'entendre-ho, d'evitar que una cosa així torni a passar. No sé...

–I el pare de M, entrenador? –pregunta una amiga de L–. No ha dit res sobre el que va passar? No ha explicat per què ho va fer?

–No, i potser ni tan sols ell ho sap. Tot plegat va ser molt estrany. Ja sabeu que aquella nit ell mateix va trucar a la policia i va esperar, prenent un cafè, que arribessin a aixecar els cadàvers i a detenir-lo.

–Com pot ser que algú...? –exclama la mare d'un alumne, posant-se la mà a la boca per contenir-se.

–No ho sé, cregui'm. Quan va arribar la policia els va explicar que havia sentit l'olor de cafè calent a la cuina i que va decidir servir-se'n una tassa mentre els esperava, perquè sabia que la nit seria llarga. No sé com podem explicar-nos una cosa així. Tot és molt estrany. He estat llegint algunes coses aquest estiu i sembla que hi ha força assassins familiars que s'entreguen a la policia i que fins i tot l'esperen amb calma, fumant-se una cigarreta, prenent-se una copa..., coses així. Potser no s'adonen del que han fet. O potser sí. Pot ser que sentin culpa. No ho sé. Em costa pensar que aquesta mena de coses tinguin una única explicació. Una de sola, m'explico? –un sospir, una pausa.

–I llavors com podem entendre una cosa així? –pregunta l'amiga de L.

–Doncs no ho sé. Estic tan desconcertat com tots vosaltres. Quan vaig saber el que havia passat, vaig pensar que sens dubte el pare de M era la pitjor persona del món, la més confosa, la més covarda. Un pare cruel. I a vegades torno a creure-ho, però ara també penso que potser només era un malalt, que se sentia un fracassat. No ho sé...

–I vostè creu que M no ho sabia? –J ha interromput l'entrenador. És un acte impulsiu. Tots el miren, i J insisteix:– No creu que M ho sabia, com era el seu pare?

–Suposo que sí –respon l'entrenador.

–I per què no ens ho va dir?

J alça la veu. Està enfadat.

–No ho sé.

–No confiava en nosaltres? –J està tens.– M no confiava en mi?

–Probablement M no confiava en ell mateix –contesta l'entrenador, una mica més trist del que havia estat fins ara.

I J triga uns segons a reaccionar, però finalment s'aixeca i surt de l'aula.

El seu pare surt darrere seu. I tots dos tornen al cap d'un moment.

–El meu fill vol dir-vos una cosa. –Agafa aire.– Quan l'entrenador ens va invitar a participar en aquest acte, J va dir que ell no podria venir, que no s'atreviria a ser-hi present. Però després va pensar que havia de dir unes paraules pel seu amic.

J s'aixeca i se situa davant dels seus companys de classe. Aleshores comença a parlar sense mirar a ningú.

–Trobo a faltar M. El trobo a faltar moltíssim. I fa uns quants mesos que no em puc treure del cap que no el vaig saber ajudar.

–No és culpa teva –diu la directora.

–Ja ho sé. Em diuen una vegada i una altra que no és culpa de ningú –contesta J. I contesta ràpid, com contestava M.– Però a mi em costa entendre que ningú no sigui responsable de posar fi a la vida de tota una família. No ho puc entendre. I té raó l'entrenador: jo també he pensat que potser el pare de M no sabia què feia quan va matar la seva família. Però això no fa que jo no trobi molt a faltar el meu amic, que em recordi d'ell cada dia que passa, que pensi una vegada i una altra que hauria d'haver-lo ajudat.

–Un sospir.– I tampoc no puc deixar de pensar en l'última vegada que vaig veure la seva germana...

J mira el seu pare i continua parlant.

Però ara alça del tot el cap i mira els companys.

I també s'atreveix a buscar amb la mirada L, que fa temps que ja no somriu.

–Hem de recordar que vam tenir un amic que es deia M i que va morir assassinat als setze anys per un tret del seu pare, amb la seva germana i la seva mare. Hem de recordar-ho sempre. No només avui o el dia que vam anar junts a l'enterrament.

Algú plora. L'entrenador mira J i J mira el seu pare.

Després calla.

Alguns companys li donen copets a l'esquena quan torna al seu lloc, o li diuen coses com ara «ben dit» o «així es parla, J». Però J no se sent orgullós.

Encara trigarà uns quants anys a deixar de pensar que, tot i que no fos culpa de ningú, en part va ser culpa seva.

La directora pregunta si algú vol dir res més i un jugador de l'equip de bàsquet pregunta pels familiars de M.

–La mare era òrfena. I només queda viva una àvia –contesta la directora–, la mare del pare. Li vam trucar per convidar-la. Vam pensar que, ara que ja ha passat gairebé mig any, podríem parlar-ne tots junts amb una mica de calma, i que potser se sentiria acompanyada de veure com estimàvem els seus néts tots nosaltres. Però no ha volgut venir.

Silenci. Algun xiuxiueig: «pobra dona» o «què farà amb un fill així». I també d'altres: «vés a saber com el va educar». Xiuxiuejos, però res més.

Després l'entrenador demana si algú vol afegir res o si ja ha arribat el moment de guardar els cinc minuts de silenci per M i la seva família i acabar l'acte.

I quan ho pregunta mira a L, que ahir va anar a la pista de bàsquet a dir-li que finalment havia decidit parlar.

I ara L s'aixeca i fa cap al davant de l'aula.

Tot i que creu que no serà capaç de fer-ho. Que no podrà dir res.

Però quan arriba al capdavant de l'aula, diu:

–Jo només sé que la mort de M no serveix de res. No pot servir.

I vol seguir, però no se sent capaç.

De manera que s'allunya de la taula del professor i torna amb passes pesades, lentes, cap al seu seient.

Els seus companys, alguns drets, d'altres asseguts, tots en silenci, la veuen avançar. I proven d'acompanyar-la amb la seva presència.

J la mira i vol somriure-li.

Però L camina sola.

L, setze anys, que ha plorat la mort de M durant el final d'una primavera, l'última. I també al llarg del temps etern que ha durat l'estiu.

I que ara, a començament de tardor, ha entès que una part d'ella se sentirà sola la resta de la seva vida.

L, a qui M sempre va fer sentir bonica.

Final

Aquesta novel·la no tenia per què haver-se acabat així.

En primer lloc, perquè M tenia dret a pensar que no estava sol.

Però, a més, perquè tenia dret a recórrer a professors, pedagogs, pares d'amics, familiars, amics o companys de classe.

I perquè també tenia dret a saber que hi havia associacions disposades a defensar-lo.

Però, sobretot, perquè M tenia dret a ser defensat.

Ana Belén Hernández, directora del Telèfon del Menor de la Fundació ANAR, explica què hauria passat si M els hagués trucat per demanar-los ajuda:

En el cas d'un menor que està sent maltractat (M) o que veu una situació de maltractament a casa seva (la que pateix la mare de M), el primer que se li ha de dir és: «Explica-ho. No et quedis amb aquest dolor, amb la sensació d'impotència i de vergonya que pot provocar-te aquesta situació.»

El que pretenem és fer-li entendre que ell (M) no té cap responsabilitat en el que està passant i que cal que el protegeixin. Per això, quan rebem una trucada així al Telèfon del Menor ANAR, la primera cosa que fem és escoltar el menor, fer-li costat perquè no se senti sol, reforçar que està sent molt valent explicant-ho i el gran pas que ha fet per intentar solucionar-ho.

Després hem de procurar que faci el segon pas, que serà buscar un adult del seu entorn (en aquest cas: el pare de J o, preferiblement, l'entrenador de bàsquet) en qui tingui confiança, amb qui pugui parlar i que ell (M) cregui que l'entendrà. I aleshores hem d'aconseguir que el menor expliqui aquesta situació a aquest adult.

Un cop aconseguit això, el pas següent pot ser que aquest mateix adult ens truqui per la Línia de l'Adult per tal que puguem orientar-lo respecte al que cal fer perquè aquesta situació s'acabi. Podem explicar-li com posar la situació en coneixement de les autoritats, partint del que diu la Llei de protecció jurídica del menor: *qualsevol adult que sàpiga que hi ha un menor en situació de risc té l'obligació de posar-ho en coneixement de les autoritats.*

També hauria estat ideal que la mare del menor (mare de M) ens pogués trucar. Nosaltres asseguraríem que parlar amb el nostre servei no constitueix una denúncia de la situació i que no fem res que ella no vulgui fer, perquè som un servei confidencial.

Però ha de saber que podem orientar-la en tot el que calgui, tant en l'àmbit legal com en l'àmbit social i psicològic, pel benestar dels seus fills. I que també podem oferir-li els recursos adequats per tal que pugui prendre les millors decisions. Les més encertades.

I Josep Anton Arrebola, secretari general d'ACIM (Associació Catalana per la Infància Maltractada), ens diu què podia haver passat si M els hagués trucat a ells:

Em preguntes com hauríem intervingut (hipotèticament) en la nostra Associació si M ens hagués trucat.

Doncs bé, una de les nostres psicòlogues especialitzades de la Unitat d'Acollida del Servei ACULL hauria atès la trucada. I la primera cosa que hauria fet és escoltar-lo i fer-li una contenció afectiva i contra l'ansietat al llarg de la mateixa trucada. Després hauria agafat totes les dades possibles referents al cas i hauria suggerit al menor que vingués com més aviat millor a les nostres oficines, si hagués estat possible amb la seva mare i la seva germana.

Com que probablement en aquest moment (hipotètic), M no hauria estat capaç d'animar la seva mare perquè vingués (o potser ella no hauria volgut venir, o, per què no, també podria ser que el noi se sentís culpable per estar «transgredint» un secret familiar), l'hauríem rebut a ell tot sol (encara que li hauríem aconsellat que vingués amb algun adult de confiança, com ara el seu entrenador, per sentir-se més recolzat, o fins i tot amb el seu amic J).

Ja de forma presencial, l'hauríem continuat tranquil·litzant, sobretot hauríem treballat molt amb ell la «desculpabilització» (perquè en aquests casos les víctimes senten que elles són les culpables i que no tenen dret a posar en perill la unitat de la família denunciant una situació de maltractament). A l'entrevista, hi estaria present la mateixa psicòloga que l'hauria atès per telèfon i probablement també un dels nostres advocats.

Llavors li hauríem fet saber totes les alternatives existents, i li hauríem aconsellat la denúncia immediata com a mesura més efectiva de protecció per a ell, la seva germana i la seva mare.

Després hauríem trucat a la mare per explicar-li que

el seu fill ens havia vingut a demanar ajuda i hauríem intentat convèncer-la perquè s'animés a denunciar els fets immediatament.

També ens hauríem ofert a acompanyar-la a les dependències que fossin més convenients (jutjat, comissaria o hospital).

Si cap d'ells (ni la mare ni el fill) hagués accedit a denunciar la situació, finalment ho hauríem fet nosaltres, mobilitzant tots els recursos de la xarxa pública necessaris (jutges, fiscals, policia, serveis socials, hospitals, etc.) i fent un seguiment exhaustiu per tal de comprovar que tots estiguessin intervenint com cal i que cap servei ni cap professional no s'adormís.

Un cop resolt allò més urgent (la separació del pare maltractador de la seva esposa i els seus fills), hauríem continuat intervenint, ara amb una atenció psicoterapèutica a la mare i els dos fills durant el temps que calgués, i en col·laboració amb la resta de serveis implicats en el cas.

Hauríem citat també l'àvia i altres familiars que tinguessin coneixement d'aquesta situació per fer una teràpia integral familiar, perquè quan hi ha «silencis» en situacions d'aquesta mena és fonamental abordar-los, ja que solen denotar símptomes d'alguna altra cosa més profunda.

Finalment, i si hagués estat possible, també hauríem tractat psicològicament el pare.

Vull comentar-te que per a nosaltres hauria estat més complicat intervenir-hi si M hagués viscut fora de Catalunya i no s'hagués pogut desplaçar a l'ACIM. Però ho hauríem fet de totes maneres, com ja ho hem fet amb trucades d'auxili fins i tot des de l'estranger. Com en aquests casos, hauríem buscat ràpidament al-

guna entitat en el seu territori perquè hi intervingués. Alguna entitat que complís la mateixa funció que hauríem complert nosaltres si el nen hagués viscut a la vora.

Són dues solucions que coincideixen, com diu Josep Anton Arrebola, en el fet que:

El que és més important de tot això és que, en un cas com el que es descriu a la novel·la, s'hi hauria pogut intervenir i s'hauria pogut evitar la tragèdia. Però, és clar, M hauria d'haver sabut que hi havia algun lloc on anar, cosa que no sabia. Si a les escoles i a certs llocs estratègics hi hagués informació i telèfons, segurament els nois i noies com M s'animarien a demanar ajuda. O, si més no, s'atrevirien a recórrer als seus amics o als seus mestres.

El missatge de les organitzacions contra la violència domèstica és, doncs, contundent: «compta-hi, perquè l'ajuda funciona». Ho demostren els casos que han resolt.

Per això vull donar les gràcies a Josep Anton Arrebola (secretari general d'ACIM), a José Manuel Moya (responsable de comunicació del Telèfon del Menor de la Fundació ANAR) i a Ana Belén Hernández (directora del Telèfon del Menor de la Fundació ANAR), pel seu ajut. No solament animant i aplaudint la iniciativa d'escriure aquesta novel·la, sinó també aportant-hi idees i corregint-ne algunes incorreccions. La seva col·laboració ha estat molt important. Moltes gràcies.

I també moltes gràcies a tots vosaltres pel vostre interès. Perquè crec que aquest és el pas més important perquè entre tots intentem reduir les tristes xifres del maltractament infantil i la violència domèstica.

Finalment he de dir que sense els casos que he llegit de famílies desconegudes, la col·laboració inapreciable de les dones que m'han donat els seus testimonis i els amics que han compartit amb mi els records de la seva infància, mai no hauria pogut escriure aquest llibre. Perquè sense les seves experiències ens costaria més entendre, i creure, que posar fi a la violència és possible.

No obstant això, dedico aquest llibre a tots els qui encara callen.

Perquè ha estat escrit pensant en ells.

El 10% dels beneficis obtinguts amb la venda pública d'aquesta novel·la es donaran a dues de les organitzacions no governamentals que lluiten pels drets de la infància i l'adolescència en el nostre país: ACIM (Associació Catalana per la Infància Maltractada) i la Fundación ANAR (Ayuda a Niños y Adolescentes en Riesgo).

ACIM
Associació Catalana per la Infància Maltractada

Associació Catalana per la Infància Maltractada
Ausiàs Marc, 77, 1er 1era - 08013 Barcelona (Espanya)
Telèfon (+34) 93 245 05 14 · Fax (+34) 93 245 05 14
Correu electrònic: acim@acim.es
Web a Internet: www.acim.es

Delegació Territorial a Catalunya

SERVEI ACULL
Telèfon confidencial d'ajut: 935 114 416 (des de tot l'Estat espanyol)
Des de l'estranger, contacteu a través de www.acim.es

Fundación ANAR
Ayuda a Niños y Adolescentes en Riesgo

TELÈFON DEL MENOR
Telèfon gratuït i confidencial per a menors i adolescents en situació de risc:
900 202 010 (des de tot l'Estat espanyol)
Telèfon confidencial per a adults que vulguin orientar menors i adolescents en situació de risc:
917 260 101 i 600 505 152 (des de tot l'Estat espanyol)
www.anar.org